Gallimard Jeunesse - Giboulées sous la direction de Colline Faure-Poirée

© Gallimard Jeunesse, 2000
ISBN : 2-07-054316-1
Premier dépot légal : septembre 2000
Dépot légal : octobre 2005
Numéro d'édition : 16 313
Loi n° 49956 du 16 juillet 1949
sur les publications destinées à la jeunesse
Impression et reliure :
Pollina s.a., 85400 Luçon - n° L98188D
Imprimé en France

La Reine BonBon

Alex Sanders

Gallimard Jeunesse - Giboulées

Il était une fois une reine exquise,
délicieuse, qui avait la passion
des friandises.
Elle se régalait de berlingots
et de sucettes, de kilomètres
de réglisse aux parfums enchanteurs ;
pour la gourmandise de cette reine,
il n'y avait pas d'heure.

La Reine BonBon habitait un palais
de sucre candi ; elle dormait sur
un lit de guimauve, prenait des bains
de miel et se brossait les dents
avec de la pâte d'amande.
Sa Majesté des Pralines avait la vie
douce au savoureux Château
de la Bonbonnière.

Les confiseurs de la Reine
travaillaient sans trêve.
Des bêtises de Cambrai aux
loukoums à la rose, ils avaient
les recettes des meilleurs bonbons
du monde.
Ils inventaient tous les jours
de nouvelles saveurs pour combler
de bonheur leur reine adorée.

Comme elle était très généreuse,
la Reine BonBon parcourait
son royaume pour distribuer
aux enfants d'innombrables gâteries.
Ce qui faisait la joie des petits
gourmands et la fortune
des dentistes.

Mais, un jour, une sorcière, jalouse
de la popularité de la bonne Reine
BonBon, eut une très vilaine idée.
C'était la Sorcière Ronchon et elle
détestait les bonbons.

« Par la barbe de ma grand-mère,
je ferai un enfer du Château
de la Bonbonnière ! » ricana un soir
la sorcière, qui s'était faufilée dans
les cuisines du château pour y jeter
un sort.

Le lendemain, la Reine BonBon avait
invité la Reine BoBo, son cousin
le Roi MiamMiam et le Roi ZinZin
à l'un de ses fameux goûters.
Mais ils ne savaient pas que
les bonbons qu'ils allaient manger
étaient tous ensorcelés…

— Vous avez l'air tout bizarre, Roi
MiamMiam ! s'exclama tout à coup
le Roi ZinZin.

— Moi, je vous trouve bien
appétissant, Majesté, lui répondit-il.
Est-ce que je peux vous manger ?

La Reine BonBon et ses invités
avaient tous pris d'étranges
couleurs. On appela d'urgence
le docteur de la Reine BoBo.
Il semblait très inquiet.
— Jamais je ne vous ai vue dans
un tel état, Votre Altesse.
Mais qu'avez-vous donc mangé ?

En entendant le docteur accuser
la Reine BonBon d'avoir
empoisonné la royale assemblée,
la Sorcière Ronchon eut du mal
à retenir un éclat de rire.
Elle savourait sa victoire, la vilaine !
Mais un petit marmiton l'entendit
ricaner.

Il renversa sur ses pieds
un chaudron rempli de caramel mou.
« Par la culotte de mon grand-père ! »
vociféra la sorcière, prisonnière.
Le petit marmiton s'empara alors
du grimoire de la vieille Ronchon
et trouva vite la recette pour
désensorceler la Reine BonBon
et ses amis.

Pour la punir, ils l'obligèrent
à manger tout ce qui restait
des bonbons ensorcelés.
Et c'est ainsi que la Sorcière
Ronchon devint la Sorcière
BonBon, et que tout le monde
se mit à l'aimer.